ARREST
DU CONSEIL DETAT DU ROY,

PORTANT qu'à la Requeste de Monsieur le Procureur General de sa Majesté, poursuite & diligence du Sieur Fournier de Saint-André, il sera informé pour raison des abus, malversations, billonnages, vols, & exactions faites dans toutes les Monnoyes du Royaume.

EXTRAIT DES REGISTRES du Conseil d'Etat.

VEU par le Roy estant en son Conseil, les Memoires presentez à Sa Majesté les 7. Juin, 18. Juillet, 3. Aoust, 2. & 9. Septembre 1700. par Jacques Fournier de Saint André, & sa Dénonciation concernant plusieurs abus, malversations, billonnage, vols & exactions faites dans toutes les Monnoyes du Royaume de Sa Majesté, Païs, Terres & Seigneuries de son obeïssance, par les Commis à la Regie, & aucuns Officiers desdites Monnoyes, & principalement depuis le mois de Decembre 1683. dont il offre d'administrer la preuve tant par les Registres desdits Commis & Officiers, & autres Titres, Pieces & Procedures, que par témoins. Oüy le Rapport du Sieur Chamillart, Conseiller ordinaire au Conseil Royal, Contrôleur General des Finances; LE ROY ESTANT EN SON CONSEIL, a renvoyé & renvoye lesdits Memoires & ladite Dénonciation en sa Cour des Monnoyes, pour y estre les coupables, leurs associez & participes, jugez suivant la rigueur des Ordonnances: ORDONNE pour cet effet, qu'à la Requeste de son Procureur General en ladite Cour, poursuite & diligence dudit de Saint André, il sera informé du contenu en ladite Dénonciation &

esdits Memoires, circonstances & dépendances, dans toutes les Monnoyes du Royaume, Païs, Terres & Seigneuries de l'obeïssance de Sa Majesté, par le Sieur Cadot Conseiller en ladite Cour des Monnoyes, lequel Sadite Majesté a commis à cet effet, pour faire toutes les Instructions, Perquisitions, Rapports, & autres Procedures necessaires, tant à Paris, que dans les Provinces; même décreter & ordonner seul dans lesdites Provinces tout ce que besoin sera, jusques au jugement diffinitif exclusivement; & ensuite faire son rapport en ladite Cour des Monnoyes, tant en Semestre, que hors de Semestre, nonobstant tous usages à ce contraires, ausquels Sa Majesté a derogé. Veut Sadite Majesté, que tout ce qui sera ordonné par ledit Commissaire dans le cours desdites Instructions, soit executé nonobstant oppositions, appellations, recusations, prises à partie, & autres empêchemens quelconques, dont, si aucuns interviennent, Sa Majesté en a renvoyé & renvoye la connoissance à ladite Cour des Monnoyes. Ordonne en outre Sa Majesté, que tous les Registres de ceux employez par leurs Charges & Commissions au fait des Monnoyes, depuis le mois de Decembre 1683. ensemble les procez verbaux, inventaires, & autres Procedures concernant le travail & la Regie desdites Monnoyes de Sa Majesté, circonstances & dépendances, même les Comptes cy-devant rendus, & autres Pieces & Procedures concernant lesdites malversations, en quelques mains qu'elles soient, seront representez par lesdits Officiers, leurs Veuves, Heritiers, & ayant cause, & Depositaires, audit Sieur Commissaire, dans trois jours, de la sommation qui leur en sera faite, en vertu de son Ordonnance; sinon contraints comme pour les deniers & affaires de Sa Majesté, en vertu du present Arrest, sans qu'il en soit besoin d'autre; pour du tout estre dressé procés verbal par ledit Sieur Commissaire; lequel demeurera joint au procés, pour servir & valoir ce que de raison. FAIT au Conseil d'Estat du Roy, Sa Majesté y estant, tenu à Versailles, le vingt-huitiéme jour de Decembre 1700. *Signé*, PHELYPEAUX.

LOUIS PAR LA GRACE DE DIEU ROY DE FRANCE ET DE NAVARRE: A nos amez & feaux les gens tenans nostre Cour des Monnoyes; SALUT; Il nous auroit esté presenté des Memoires les 7. Juin, 18. Juillet, 3. Aoust, 2. & 9. Septembre 1700. par Jacques Fournier de Saint André; & sa Dénonciation concernant plusieurs abus, malversations, billonnage, vols & exactions faites dans toutes les Monnoyes de nôtre Royaume, Païs, Terres & Seigneuries de nôtre obeïssance, par les Commis à la Regie, & aucuns Officiers desdites Monnoyes, & principalement depuis le mois de Decembre 1683. dont il auroit offert d'administrer la preuve. Par Arrest de nôtre Conseil, ci-attaché sous le Contre-Scel de nôtre Chancellerie, ce jourd'hui donné en nôtre Conseil d'Estat, Nous y estant, Nous vous avons renvoyé lesdits Memoires & ladite Denonciation, pour estre les coupables, leurs associez & participes par vous jugez suivant la rigueur des Ordonnances. A CES CAUSES, conformement audit Arrest de nôtre Conseil, Nous vous avons renvoyé & renvoyons par ces Presentes, signées de nôtre main, lesdits Memoires & ladite Denonciation. Voulons que les coupables, leurs associez & participes soient par Vous jugez suivant la rigueur de nos Ordonnances; & qu'à cet effet, à la Requeste de nostre Procureur General en nôtredite Cour des Monnoyes, poursuite & diligence dudit de S. André, il sera informé du contenu en ladite Denonciation & esdits Memoires, circonstances & dépendances, dans toutes les Monnoyes de nostre Royaume, Païs, Terres & Seigneuries de nostre obeïssance, par le Sieur Cadot Conseiller en nostredite Cour des Monnoyes, lequel nous avons commis à cet effet pour faire toutes les Instructions, Perquisitions, Rapports, & autres Procedures necessaires tant à Paris, que dans les Provinces, même decreter & ordonner seul dans lesdites Provinces tout ce que besoin sera, jusques à jugement diffinitif exclusivement, & ensuite vous en faire son Rapport, tant en Semestre que hors de Semestre; nonobstant tous Usages à ce contraires, ausquels Nous avons dérogé & dérogeons. VOULONS que tout ce qui sera ordonné par ledit Commissaire dans le cours desdites Instructions, soit executé nonobstant oppositions, appellations, recusations, prises à partie, & autres empêchemens quelconques, dont, si aucuns interviennent, Nous Vous en renvoyons la connoissance. COMME AUSSI VOULONS, que tous les Registres de ceux employez par leurs Charges & Commissions au fait des Monnoyes depuis le mois de Decembre 1683. ensemble les procez verbaux, inventaires & autres Procedures concernant le travail & la regie de nos monnoyes, circonstances & dépendances, même les Comptes ci-devant rendus, & autres Pieces & Procedures concernant lesdites malversations, soient representez par lesdits Officiers, leurs Veuves, Heritiers, ayans cause, & Depositaires, audit Commissaire, dans trois jours, de la sommation qui leur en sera faite en vertu de son Ordonnance, sinon contraints comme pour nos deniers & affaires. SI VOUS MANDONS, que ledit Arrest & ces Presentes vous ayez à registrer, & de proceder à l'execution d'iceux selon leur forme & teneur. Commandons au premier nostre Huissier ou Sergent sur ce requis, de signifier ledit Arrest, & cesdites Presentes à tous qu'il appartiendra, à ce qu'aucun n'en ignore, & de faire pour son entiere execution tous Actes & Exploits necessaires sans autre permission. CAR TEL EST NOSTRE PLAISIR. DONNE' à Versailles le vingt-huitiéme jour de Decembre, l'an de grace 1700. *Et de nostre Regne le cinquante-huitiéme. Signé*, LOUIS, *& plus bas*, par le Roy, PHELYPEAUX. Et Scellé du grand sceau de cire jaune.

Lû, Publié, & Enregistré; oüy, & ce requerant le Procureur General du Roy, pour estre executé selon sa forme & teneur, suivant l'Arrest de ce jourd'huy. Fait en la Cour des Monnoyes le 12. Janvier 1701. Signé, GALOYS.

MONITOIRE.

OFFICIALIS *Parisiensis dilectis nostris Parrochialium Ecclesiarum hujus civitatis, Diœcesis Rectoribus seu eorum Vicariis, salutem in Domino.* Il n'y a rien qui interesse davantage tout le monde que les Monnoyes; Leur bonne regle établit ordinairement la bonne Police des Etats, & ceux qui les violent sont coupables de Leze-Majesté. Comme il n'y a personne qui ne souffre des fautes qui s'y font, il n'y a personne aussi qui ne doive s'interesser à les reveler. C'est de-là que dépend le bien du Royaume, celuy du Commerce, & la tranquillité publique. C'est pourquoy ayant connu par un Arrest de la Cour des Monnoyes, rendu le 1er. Février dernier à la Requeste de Monsieur le Procureur General de Sa Majesté en icelle, plaignant à Dieu & à nostre Mere sainte Eglise, poursuite & diligence du sieur Jacques Fournier de Saint André, que certains Quidams à qui Sa Majesté a confié dans cette Ville, & dans les Provinces le travail & la regie de ses Monnoyes, abusans de cette confiance, & du temps que Sa Majesté étoit occupée d'autres soins pour conserver la grandeur du Royaume, & la pureté de sa Religion, ont fait diverses exactions sur ses Sujets, des vols énormes à Sa Majesté, lesquels ont échappé à la vigilance de ceux même qui les observoient; enfin qui ont corrompu & alteré le fond pretieux des Monnoyes du Royaume, par le mélange d'Especes étrangeres qu'ils ont reformées; Nous vous mandons de bien & diligemment admonester sous peine d'excommunication pendant trois divers jours de Dimanche és Prônes de vos Messes Parroissiales, comme par la teneur des presentes, Veu l'Arrest de Nosseigneurs de la Cour des Monnoyes, portant permission en datte du premier Fevrier 1701. signé par collation GALLOIS: Nous admonestons à la requeste & supplication de Monsieur le Procureur General de Sa Majesté en ladite Cour des Monnoyes, poursuite & diligence de Me Jacques Fournier de Saint André, Complaignant à Dieu & nôtre Mere sainte Eglise. Tous ceux & celles qui sçavent & ont connoissance que dans les Monnoyes de Sa Majesté il a été commis les vols, abus & malversations qui suivent.

Tous ceux & celles qui ont veu, ou sçavent que certains Quidams Officiers, & Commis des Monnoyes du Royaume, Païs, Terres & Seigneuries de l'obéïssance de Sa Majesté, se sont servis de faux poids, & de fausses balances. Faux poids, & balances.

Qui les ont veu se servir de denereaux, ou poids de trebuchet, pour peser les pistoles d'Espagne, Ecus d'or, & autres Especes d'or & d'argent, qui leur étoient apportées, c'est-à-dire autrement qu'avec le poids du Marc, & de ses diminutions.

Qui se sont apperceus que lesdits poids, & denereaux étoient trop forts, ou que lesdites balances étoient chargées du côté où se mettoient lesdits poids.

Qui ont veu que pour peser de petites parties, ils se servoient de grosses balances, ou qui les ont veu peser, à deux, ou plusieurs fois des parties appartenantes à une même personne, pour avoir plusieurs trebuchans.

Qui leur en ont veu prendre d'excessifs, & qui se sont apperceus de quelque maniere que ce soit, du tort, ou du vol, qui leur étoit fait, soit parceque leurs poids ne se rapportoient point à ceux dont on se sert hors des Hôtels des Monnoyes, soit parce qu'ils prenoient sur chaque pesée, petite ou grande, des trebuchans excessifs, qu'ils appelloient entre eux des revenans bons.

Difformation, & cizaille.

Qui aprés les pesées faites, n'ont point veu sur le champ, & en leur presence, difformer ou rompre les vaisselles, & cizailler, ou casser les especes d'or ou d'argent fausses, étrangeres ou decriées, apportées ausdits Bureaux des Changes par eux ou par d'autres personnes.

Registres,

Qui aprés cette difformation, & rupture des Vaisselles, ou aprés ce cizaillé, ou cassé des Especes étrangeres, fausses, ou décriées, ne les en ont point veu écrire le poids, la qualité & valeur, sur leurs Registres en leur presence.

Qui n'ont veu personne à de certains Bureaux, où cependant se faisoit la recette, le poids, & le payement des Vaisselles, Especes & matieres apportées aux Changes pour les controller.

Qui ne les ont point veu tenir du tout de Registres, ou qui ne les ont veu écrire que sur des broüillons, ou des feüilles de papier volantes & détachées. Ou à qui ils n'ont pas même demandé les noms, & les demeures pour les écrire, ou qui sçavent que leurs noms ont esté écrits pour d'autres, sur lesdits Registres, foüilles, ou broüillons.

Qui sçavent que leursdits Registres n'ont été faits qu'aprés coup, hors la presence de ceux qui ont apporté lesdites Vaisselles, Especes & Matieres, aux Bureaux des Changes, souvent à la fin du jour, & de la semaine, & quelquefois à la fin des mois, & des années entieres.

Ceux à qui lesdits Quidams ont fait passer des Vaisselles plattes, pour des Vaisselles montées, afin de leur payer 10. s. moins du marc.

Vaisselles plattes & montées.

Ceux à qui ils ont fait fondre lesdites Vaisselles sous divers pretextes, & dont le poids s'est trouvé considerablement diminué aprés les fontes, soit en emplissant, ou chargeant trop les creusets, d'où la matiere sortoit en larmes, soit en répandant exprés, ou par accident ladite matiere dans le fourneau, quand elle étoit en bain, ou en la versant dans les lingotiers, soit en ne leur tenant point compte des laveures; ce qui alloit à un gros profit pour eux, & à une tres-grande perte pour ceux à qui appartenoient les matieres. Enfin, ceux & celles, à qui de quelque maniere que ce soit, il a été fait du tort par lesdits Quidams, ou par les gens par eux préposez, soit aux fontes, soit aux essais des matieres, soit au poids, ou au payement d'icelles.

Ceux & celles qui ont porté en quelque temps que ce soit des ouvrages d'argent doré & de vermeil aux Bureaux de la Monnoye, & qui sçavent que lesdits Quidams aprés les avoir receu, au lieu de les donner aux Affineurs pour faire le départ de l'or, & en compter au Roy, les ont graté ou fait grater par gens à eux affidez, qui leur ont rendu l'or desdits ouvrages, & dont ils ont profité.

Prix des matiéres, faux Tarifs.

Ceux à qui le prix desdites vaisselles, especes, & matieres d'or & d'argent n'a point été payé en entier suivant les Tarifs de la Cour des Monnoyes imprimez.

Qui les ont veu s'en servir d'écrits à la main differents de ceux imprimez, suivant lesquels ils regloient le prix qu'il leur plaisoit de payer, & se servir d'essairies particulieres, & d'Essayeurs à leur devotion, autres que de ceux en titre, pour rapporter le fin des lingots autrement qu'il n'estoit, & en payer la matiere moins qu'elle ne valoit.

Droits du Change & du monnoyage.

Ceux qui les ont veu retenir sur le prix qu'ils devoient payer, des droits de Change & de monnoyage, qu'ils ont fait aller à 5. & 6. s. pour chaque Loüis d'or, & plus ou moins sur chaque Pistolle d'Espagne & sur chaque Ecu d'or, outre les grains de foiblage qui s'y trouvoient.

Qui ont esté, ou qui ont envoyé changer des Especes d'argent, pour avoir des Loüis d'or, ou Pistolles d'Espagne, & qui ont payé un sol pour le droit du Change de chacun, & qui ont veu faire ce billonnage des fois dans le Bureau du Change, & d'autres dans la Chambre & Appartement desdits Quidams.

Billonnage sur la vente des matieres & especes.

Qui les ont veu détourner des Vaisselles, Especes & autres Matieres du Change, qui ont veu des personnes en emporter.

Qui sçavent qu'ils ont troqué, échangé, & vendu des Vaisselles soit aux Affineurs, & Orfévres, soit à d'autres particuliers.

Qui sçavent ce qu'ils les vendoient le marc, & ce qu'ils faisoient valoir les façons de celles qu'ils ne difformoient point exprés, quand elles estoient apportées aux Changes.

Et qui les ont veu remettre dans le commerce aucunes des Especes par eux reçûës aux Changes.

Ceux qui sçavent quand lesdits Quidans ont fait les affinages aux Hôtels des Monnoyes, le prix qu'ils ont vendu le marc, l'once, le gros, & le denier des matieres d'or & d'argent affinées, quel estoit leur titre, la quantité qu'ils en ont fait sortir de cette Ville & du Royaume, & s'ils en tenoient Registre, ou non.

Affinages.

Ceux qui sçavent que pour faire lesdits affinages, ils ont fondu des Especes courantes du Royaume, à cause du profit qu'ils faisoient sur leur matiere, qui n'estoit chargée alors d'aucune traitte.

Qui sçavent que lesdits Quidans se sont mocquez ouvertement & publiquement de toutes les regles prescrites par les Ordonnances quand on leur a observé qu'ils ne les gardoient point.

Leur autorité & leur entreprise.

Qu'aucuns d'eux avoient la clef du monnoyage de la Monnoye de Paris.

Clef du monnoyage.

Qu'ils y sont entrez des jours de Fête, & en ont emporté des quarrez qu'ils ont demonté de dessus les Balanciers.

Quarrez.

Qu'ils ont fait faire des Poinçons sur lesdits Quarrez qui ont esté veus depuis.

Poinçons.

Qu'ils avoient dans leur appartement à l'Hôtel de la Monnoye même, des machines

Machine à monnoyer sans bruit.

propres à monnoyer sans bruit, & qui les ont veu travailler avec lesdites machines.

Qui les ont veu porter pour cela dans leurdit appartement des Breves de Flancs ou d'Especes qui ne doivent jamais sortir des ouvroirs, & lieux destinez à leur travail, suivant les Ordonnances.

Vols faits à Sa Majesté sur le prix des Matieres.

Ceux & celles qui sçavent qu'ils ont compté à Sa Majesté, les Matieres apportées aux Changes, un prix different de celuy qu'ils en ont payé.

Le titre des Vaisselles.

Qu'ils ont corrompu le fond des Vaisselles du Poinçon de Paris, en supposant leur Matiere à 6. & 8. grains de fin au dessous de leur titre quoyque certifié par les Poinçons des Maistres Orfévres, & celuy de la Maison commune.

Les Cizailles & Rebuts de la délivrance.

Celuy des Cizailles & Rebuts de la délivrance, & les Laveures du Recuit, & Blanchiment, en supposant celles des Especes d'or 10. & $\frac{12}{32}$ & celles des Especes d'argent 12. & 15. grains de fin au dessous de leur titre reglé par les Ordonnances.

Les Monnoyes du Royaume.

Celuy des Monnoyes même du Royaume, en mêlant parmy les pieces reformées beaucoup d'Especes Etrangeres, d'un titre inferieur, comme Pistoles d'Italie, & d'autres endroits, & comme Patagons, Ecus de Liege, Cologne, Hollande, Suisse, & d'autres Païs.

Les Monnoyes Etrangeres.

Et celuy des Especes Etrangeres, quand ils ont fait faire des fontes de Saluts, Nobles Henris, & autres, qu'ils ont supposé d'un titre plus bas qu'il n'est veritablement.

[illegible]t sur la dé-

Ceux qui sçavent qu'ils ont augmenté les

dechets des Fontes ou qu'ils les ont employé dans la dépense de leurs comptes, ensemble les reparations, fournissemens, & autres choses, plus forts qu'ils n'étoient veritablement, & qu'ils ont pris des quittances des ouvriers & gens employez au travail, plus fortes que les sommes payées.

pense de leurs comptes augmentez.

REFORMATION.

Registres.

Ceux & celles qui ont envoyé ou porté des Especes d'or & d'argent du Royaume au Bureau de la Reformation, & qui n'ont point veu certains Quidams qui les recevoient, les écrire sur leurs Registres en presence des Parties.

Ou qui ne leur ont point veu du tout tenir de Registres, & à qui ils n'ont pas même demandé les noms ny les demeures, ou qui les ont veu écrire seulement sur des broüillons, & feüilles volantes de papier, au lieu de Registres.

Temps des augmentations & diminutions.

Ceux & celles qui ont porté ou envoyé des Especes esdits Bureaux huit jours auparavant, ou huit jours aprés les augmentations ou diminutions qui sont arrivées depuis le mois de Janvier 1690. soit qu'ils ayent veu écrire, ou non, leurs noms, & demeures sur lesdits Registres, & qui sçavent que lesdits Quidams ont grossi de quelque maniere que ce soit leur recette, la veille des diminutions pour faire supporter à Sa Majesté la perte des Especes, & en profiter; ou qui en ont recelé & détourné une grande partie la veille des augmentations, qu'ils ont rapportées depuis pour profiter desdites augmentations.

Poids de 100. & de 50. Ecus.

Ceux de qui les Especes ont esté prises ausdits Bureaux non par compte, mais à de certains poids que lesdits Quidams avoient fait faire, pour peser 100. 200. & 50. Ecus à la fois, lesquels poids faits de leur autorité sur 100. 200. & 50. Ecus de conversion sortans de la délivrance, ne pouvoient estre trebuchez par les Especes apportées qui avoient frayé dans le Commerce, qu'il ne se trouvât au moins un Ecu sur chaque pesée de cent Ecus en pure perte pour ceux qui les apportoient, & dont lesdits Quidams profitoient.

Ceux & celles enfin qui par ce moyen, ou tout autre ont souffert quelque tort que ce soit de la part desdits Quidams aux Bureaux du Change de la Reformation.

Billets.

Qui ont esté obligez de faire des remises à certains autres Quidams pour toucher les sommes portées aux Billets qui leur éstoient dûs avant ou aprés leur écheance, ou qui ont attendu un temps considerable aprés l'écheance de leurs Billets pour en avoir le payement; veu que lesdits Billets pouvoient estre payés en 4. ou 5. jours, quelque considerable qu'en fût la valeur.

Fonds du Roy commercés.

Qui sçavent qu'ils faisoient valoir à leur profit les fonds de Sa Majesté & de ses Sujets, tandis qu'ils refusoient de payer lesdits Billets, & qu'ils faisoient attendre des mois entiers aprés l'écheance, veu que de semaine en semaine le monnoyage se faisoit des Especes, & des Matieres apportées au Change, & qu'il s'en fabriquoit, ou reformoit par semaine pour plus de deux millions.

Qui ont receu les sommes de leurs Billets en d'autres lieux qu'au Bureau de la Caisse, & par d'autres mains que celles du Caissier; qui ont porté ou veu porter les Especes sortans de la délivrance dans les appartemens d'aucuns desdits Quidams, & non au Bureau dudit Caissier; & qui de quelque maniere que ce soit, sçavent que lesdits Quidams negotioient à leur profit les fonds de Sa Majesté, & qui ont retardé le payement des Billets dûs aux particuliers, pour faire valoir plus long-temps lesdits fonds.

Qui les ont veu negotier les Especes soit anciennes, soit nouvelles: qui en ont porté ou veu porter de leur part chez les Banquiers, Agens de Change, Negotians & gens d'affaire.

Billonnage [illegible] Especes [illegible]ec les Banquiers.

Qui leur en ont porté, ou envoyé dans leurs maisons ou Bureaux 8. jours auparavant ou 8. jours aprés les augmentations ou diminutions arrivées depuis ladite année 1690. ou qui en leur en portant en quelque temps que ce soit, ont veu & connu que ces sommes leur estoient données en payement de Billets, & autres Pieces faites du temps qui precedoit, ou suivoit immediatement celuy desdites augmentations ou diminutions.

La veille des augmentatiõs ou diminutions.

Qui des Bureaux ou maisons desdits Quidams en ont porté, & veu porter, & envoyer aux Messagers, Carosses, Postes, & autres voitures qui partent de Paris pour les Provinces, les Facteurs & les Commis desdites voitures, Messagers, Postillons ou Couriers qui les ont receu, porté ou voituré, même les Emballeurs, Chargeurs, & autres qui les ont en-

Par le transport.

fermé, emballé, chargé, & déchargé.

Billonnage des Especes Etrangeres.

Qui leur ont veu mettre dans le commerce les Especes Etrangeres, ou les envoyer avec des Especes anciennes du Royaume dans les Provinces, & principalement en Alsace, Bourgogne, Franche-Comté, & Flandres, où elles avoient cours, & estoient exposées avec profit.

Especes Etrãgeres, ou fausses reformées.

Qui les ont veu chercher, ou faire chercher des Especes Etrangeres, comme Pistolles d'Italie, Patagons, Ecus de Liege, Cologne, Hollande, Suisse, &c. Et celles du Royaume anciennes ou qui estoient fausses pour les faire reformer sur les quarrez de Sa Majesté.

Qui dans le temps que les Especes estoient difformées avant que d'estre reformées, ont veu porter à la difformation, & difformer des Especes Etrangeres & de Flandres par l'ordre desdits Quidams, & qui les ont entendu soûtenir que cela leur estoit permis, & les ont veu forcer les ouvriers de le faire.

Pieces de Lisle.

Qui sçavent qu'ils ont particulierement recherché, & amassé des pieces de 10. s. de Lisle, pour les reformer sur des quarrez de pieces de 18. s. celles de 20. s. qu'ils ont reformées sur ceux de 36. s. & celles de 40. s. qu'ils ont reformées sur ceux de 72. s.

Nul Controlle.

Qui sçavent que pour avoir plus de facilité à faire ces malversations, ils n'ont point voulu souffrir de Controlleur, ny aux Bureaux des Changes, ny au recuit, ny au blanchiment, ny à la marque sur tranche, qui sont tous les endroits par où passent les Especes, avant que d'aller sous les Balanciers.

Recette, &c.

Qu'ils ont même fait faire tous ces emplois

cuit, blanchiment, & marque en tranche.

souvent par les mêmes personnes, afin d'estre plus les Maistres de retirer des Breves, les Especes du Royaume, d'en substituer en leur place d'Etrangeres ou fausses, de trier, rogner, & alterer les sortes, de les negotier au poids ou à la piece avec certains Banquiers, & autres gens qui les faisoient sortir ensuite du Royaume, ou de les fondre dans le temps qu'il y avoit jusqu'à 18. l. de benefice par marc à fondre les Loüis vieux, en employant leur matiere, comme de Pistolles d'Espagne, & jusqu'à 33. s. de benefice par marc à fondre les Ecus vieux d'Argent, en employant leur matiere comme estant de Vaisselles, ou de Reaux.

Triage, alteration, & commerce des Especes.

Breves non pesées.

Qu'ils n'ont point voulu introduire exprés entre eux le poids desdites Breves de la reformation, comme il se pratique à la conversion, qu'ils les ont portées dans leur appartement, les ont changées, & alterées.

Inventaires.

Qui sçavent qu'ils ont porté ce qu'il leur a plû dans les inventaires qu'ils ont fait faire au temps des augmentations & diminutions, qu'ils ont esté souvent faits sur des bordereaux par eux representez, sans que leurs Bureaux & Caisses ayent esté ouverts ny leurs Registres veus, arrestez & examinez, & qu'ils les ont fait faire à l'insçû & hors la presence des personnes qui doivent y estre appellées, & quelquesfois sans les y vouloir admettre, quand ils se sont presentez pour y assister.

Registres, & papiers détournez.

Qu'ils ont soustrait déja beaucoup de leurs Registres, desdits inventaires, procez verbaux, & autres Pieces, pour oster la connoissance qui en resulteroit, s'ils étoient representez, des vols énormes qu'ils ont fait en mille manieres à Sa Majesté. Et qui sçavent où ont esté mis lesdits Registres, papiers & autres effets détournez, qui les gardent, ou retiennent, & qui sçavent que la nuit du 7. au 8. Octobre de l'année 1700. ils détournerent, & enleverent de l'Hôtel de la Monnoye de cette Ville 1[illegible]. gros ballots qui furent chargez sur une charette, & menez dans la Ville.

Pieces rebutées mises dans le commerce.

Qu'ils ont mis dans le commerce des Especes rebutées à la délivrance, ou pour être mal monnoyées, ou pour être fausses: Qu'ils en ont enlevé de force des mains des Juges-Gardes avant qu'elles fussent verifiées, & qui ont corrompu des fontes d'Or & d'Argent aprés les essais rapportez.

Contravention aux Ordonnances.

Qui sçavent que lesdits Quidams d'intelligence avec des Monnoyeurs de cette Ville ou des Provinces ont reformé beaucoup d'Especes en frande des droits de Sa Majesté, qui pour estre plus les Maîtres de leur conduite ont fait leur alliage de leurs fontes en secret, qui n'y ont point appellé les Officiers tenus d'y assister par les Ordonnances, qui n'ont point voulu par cette raison que lesdits Officiers arrestassent leurs registres à la fin de chaque journée, ny qu'ils fussent presens aux fontes du faux & du cassé, & de toutes autres matieres dont le titre est incertain, afin d'estre en droit de l'employer & compter à Sa Majesté ce qu'il leur a plû, & qui ont méprisé toutes les regles prescrites par les Ordonnances, pour pouvoir malverser avec plus de licence.

Qui ſçavent enfin que leſdits Quidams ont eû part & aſſociation les uns avec les autres pour voler Sa Majeſté & ſes ſujets ; que dans une matiere auſſi abſtraite & delicate qu'eſt celle des Monnoyes , ils ont par de mauvaiſes voyes abuſé & trompé tous ceux qui ſe ſont fiez à eux , ſoit Regnicoles ou Etrangers. Qu'ils ont enfin par leur mauvaiſe manœuvre, en ſacrifiant le bien public à leur intereſt particulier , laiſſé aller dans les Païs Etrangers , ou fait détourner les barres , lingots & culots des matieres d'Or & d'Argent qui eſtoient deſtinées pour la France ; Qu'ils en ont malicieuſement ruïné le commerce en oſtant la liberté à ceux qui le ſoûtenoient auparavant l'année 1684. d'agir & d'y faire entrer les matieres comme ils avoient accoûtumé , parce que leſdits Quidams vouloient les vendre comme ils ont fait eux-mêmes aux Hôtels des Monnoyes , ou ſans prendre la peine de les negocier dehors , ils vouloient qu'elles leur fuſſent apportées pour le prix des tarifs , & avoir ſeuls enſuite le droit de les vendre davantage , comme ils ont fait contre l'intention de Sa Majeſté,& à l'inſceu de la Cour des Monnoyes , ce qui a éloigné toutes les matieres d'Or & d'Argent du Royaume , ruiné ſon commerce , & cauſé la rareté , même la fonte & le tranſport des Eſpeces , le billonnage & le ſurachapt des matieres , & par une ſuite neceſſaire la cherté des denrées , dont le prix repreſenté par celuy des Eſpeces & Matieres d'Or & d'Argent , ſuit toûjours le cours de leur valeur.

Ruine du commerce.

Pour ce est-il, que dans une cause aussi grave & aussi importante au bien du public & aux interests de Sa Majesté, qu'est celle des Monnoyes, & dans une affaire aux abus de laquelle il est d'autant plus necessaire de pourvoir, que la connoissance en est cachée à bien du monde; La plus grande partie des personnes qui sont obligées de porter leurs Especes & matieres aux Bureaux des Changes des Monnoyes, étant obligez de suivre la foi des Commis qui y sont preposez. Et generalement ceux & celles qui des faits ci-dessus, en tout ou partie, circonstances & dependances, ont vû, sçû & connu, oüi dire, apperçû aucune chose, à ce faire ont esté presens, donné conseil, faveur & aide en quelque sorte & maniere que ce soit; que dans trois jours aprés la troisiéme publication des Presentes, ils aient à venir à revelation; & quant aux Auteurs & Complices desdites malversations, à satisfaire chacun à son égard, par soi ou par autrui, sinon nous userons à l'encontre d'eux de Censures Ecclesiastiques, & selon la forme de droit, de la forme d'excommunication. *Datum Parisiis sub sigillo curiæ nostræ, anno Domini millesimo septem centesimo uno, die vero septimâ mensis Februarii.*

Visa, CHAPPELLIER.
Signé, HORRY, & scellé.

Messieurs les Curez de Paris sont avertis, que M. Cadot Commissaire du Conseil, loge ruë Matignon, quartier des Galleries du Louvre.

www.ingramcontent.com/pod-product-compliance
Ingram Content Group UK Ltd.
Pitfield, Milton Keynes, MK11 3LW, UK
UKHW020409190726
13838UKWH00006B/2325